글벗시선154 강자앤 두 번째 시집

러브 레터

강자앤 지음

시집을 출간하며

안녕하세요?
강자앤 시인입니다.
다시 만나게 되어 정말 반갑습니다.
많이 부족한 제가 또다시
두 번째 시집을 엮어보았습니다.

늘 그렇지만 나의 넋두리가 어딘가에서
홀로 눈물짓고 있는 단 한 사람에게도
읽혀져 지치고 아픈 영혼에
작은 위로가 되었으면 하는
작은 욕심을 부려봅니다.
부디 온 정성으로 쓴 나의 고운
시가 잔향이 되어 독자들의 가슴속에
오래도록 머물길 소망해봅니다. 감사합니다.

2021년 12월

강자앤 시인의 두 번째 시집 상재를 축하하며

이광복 소설가(한국문인협회 이사장)

 강자앤 시인의 두 번째 시집 『러브레터』 상재를 축하합니다.

 한 해의 끝자락에서 그동안 창작한 시들을 모아 세상 가운데 독자들과 만나게 되었습니다.

 강자앤 시인은 소녀의 감성이 풍부하며 세상과 사물을 아름답게 보는 마음이 따뜻하고 아름다운 심성을 지녔고 작품 하나하나에 고스란히 배어납니다. 그녀가 살아오면서 자연과 인생, 그리고 사물에 대하여 보고 느끼고 일어나는 것을 서술한 시편을 감상할 수 있어

참 행복합니다.

 시를 쓰는 것은 이 땅에 하나의 생명체를 탄생시키는 일입니다. 강자앤 시인의 주옥같은 시를 통하여 독자들에게 생명수가 되리라 확신합니다. 오랜 시간을 기도와 고민 속에 쓰고 지우기를 반복하며 세상에 사랑과 행복과 위안을 주는 아름다운 시로 탄생하게 되심을 축복합니다.

 오늘날 사랑이 식어 메마르고 미움과 어두움이 기승을 부리는 시기에 강자앤 시인의 사랑과 아름다운 향기가 짙은 시를 보는 것은 풍요와 여유와 따뜻함을 지니는 일에 커다란 도움이 되리라 믿으며 그녀의 시편 속에 고스란히 담겨진 인생과 글 향기 가득한 시집과 어우러져 더욱 행복하시리라 확신합니다. 거듭 시집 상재를 축하하며 향필과 문운 창성을 기원합니다.

2021년 12월

차 례

제2부 하늘의 축복

제3부 산책로에서

제4부 그대를 향한 사랑

제5부 사랑의 그리움

제6부 청산은 나 홀로

제1부

사랑이 시작되면

만추

햇살은 다정해도
바람은 왠지
쓸쓸한 탓일까
가을엔 낙엽 지는 가을엔
그대와 차 한 잔의
그리움을 마시고 싶다
가을바람처럼 만나
스산한 이 계절을 걷다가
돌계단이 예쁜
한적한 찻집에서
만추의 사색에
젖어들고 싶다
사랑하는 인연이라면
빨간 단풍잎처럼
만나도 좋겠지
은은한 가을 향을 마시며
깊어가는 가슴을
고백해도 좋겠지
굳이 사랑이 아니라도
괜찮아
가을엔 낙엽 지는 가을엔
노을빛 고운 들 창가에 기대어
그대와 차 한 잔의
그리움을 마시고 싶다

안녕이라고 말하지 마

세월아!
안녕이라고 말하지 마
흘러가는 세월 속에
너도 나도
우리 모두다
따라 간다
아직은 아니야
나의 마음은 숲속에
둥지를 튼 한 마리의
노래하는 새와 같다
아주 천천히
부드럽게 가고 오면
어디가 덧나니
안녕이라 말하지 마
나의 마음에는
사랑의 불꽃처럼
농익은 과일처럼 막 익어 가고
있는 중이라
너는 흘러간다
기다리는 법 없이 어김없이
오고 간다

나의 마음은 하늘에
떠 있는 뭉게구름과
무지개를 바라보고 있는 중이란다
너랑 나랑 다른 점이
무엇인줄 모르지
너는 무심히 흘러가는
세월 밖에 안 되지
나의 마음은 고요한 바다에서
물장난을 치는 조약돌
무지갯빛 조가비와 같다
흘러가는 너를 잡지는
못하지만 나의 마음에는
모든 사람과 자연에서
기쁨에 넘친다
왜냐하면 나에게
세월과는 관계없는
영혼과 마음
숫자에
불가하다는 것을
전하련다
안녕이라고 말하지 마

아버지

아버지
그리워도 하고
슬퍼도 하고
마음아파 힘들기도 합니다

떠나는 향기에
많은 감정들이 담겨지니,

오래전 떠나신 당신이 생각납니다
그리움에 사무칠 때면
때로는 눈물짓기도 하지요

아버지!
사랑은 두 배 세배
보고 싶은 마음 간절합니다
감사합니다

날 잊지 말아요

추억의 한켠으로

예쁜 단풍들이
하나둘씩 띄어져
쓸쓸히 추억의 한켠으로
머나먼 여행길을 떠나
앙상한 가지를 보이며
곧 닥쳐오는
겨울바람 속에
윙윙 윙
시려오는 가지를 움츠리고 있어요
이 겨울은 또 얼마만큼의
시련을 주는지
가슴 한켠이
시려옵니다

가을이 오는 소리

종이비행기 날듯
노오란 엽서 한 장
가을 옷을 입고 소식 전해옵니다
검은 먹물 포도 향기는 잊었던
옛 고향 사랑들
진한 땀 냄새 물씬 납니다
능금나무, 감나무, 배나무 가지마다
주렁주렁 수많은 열매
엊그제 큰 비바람 용케도
견디었구나
할아버지 때부터
아버지 때에 이르도록
저녁노을 품안에 익는 알곡 속삭이네
한 아름 가득 푸짐하게 안기우시네
가을엔 누구에게든지
가난 되지 않게 마음껏 퍼 주시오니
색동옷 입혀 예쁘게 단장하여라
우리 모두 사랑 나누리라
단 하루라도
감사 감사합니다

산동네 작은 호수

산골동네 저절로 생겨난 방죽
흘러가는 구름 내려 보며
하늘은 한가롭네

빙 둘려
산마루 바우 그림자
쭉 뻗은 나무들도 쉬어가네

잔잔한 수면 위로
어디서 왔나 빨간 낙엽
갈바람 타고서 동동 떠내려가네

잠자리 두 마리
사랑스러운 춤
오늘따라 개구리눈만 껌벅

이 세상 모든 살아있는 삶의 흔적
힘들고 어려웠어도
사랑으로 견디었다네

오색 예쁜 코스모스 고개를 흔들며
가을빛과 어울려
춤을 춥니다

심리현상

사람은
보고 싶어 하는 것에
시선이 끌리게 되고

듣고 싶어 하는 소리에
반응을 합니다

하고 싶어 하는 말에
집중하게 되며

은연중에 하는 모든 것들이
돌아가는 우주처럼
움직이는 힘이 됩니다

내가 보이는 것은
나의 길이면

내가 듣는 것은
나의 빛이 되고

내가 하는 말은
나의 운명이 되고

내가 하는 행동은
나의 인생의 길이 됩니다

사랑이 시작되면

인내가 필요로 하면
기다림이 있어야만 됩니다

사랑은 참 아름답습니다
보세요
아름다운 장미를 갖고 싶다고
욕심을 내다보면
가시에 찔림이 분명히 나타납니다

사랑도 허겁지겁 진도가 빠르면
어딘가에 불씨로 남겨집니다

그래서
사랑에도 자연스럽게 느끼는 대로
인내와 기다림이 필요로 하다는 것이죠

성스럽고 고귀한 사랑
필요로 하면 기다리세요

행복은 기다림의 미학입니다

꽃밭에서 (1)

앞마당에 봄
꽃이 피네
봄 되면서 가을 오기까지

스스로 아름답다고
생각 할까
누구에게 주고파서 뽐내고 필까

노래하며 춤추는 것
울고 웃는 모습은
누구에게 배웠나

슬픔보다 깊은 정
함께하려 정원에 갔었네

노래하고 춤도 추고
행복한 웃음의 향연보다

위로 받고 싶어서
꽃밭에 바람처럼 갔더니

예쁜 꽃들이 피어
서로 다투면 사랑주고 받네

오월의 장미

반짝이는 오월의 햇살
눈부신 아름다움이여

바람결에
살랑살랑 흔들며 유혹하네

장미!
음, 마음에 드는데…
슬그머니 꺾어보리라

더 가까이 오지 마세요
확 찔러버릴 거야

정말 날 원하시면
송두리째 드릴 테니까요

이별

나 꿈꾸네
장미 한 아름 안고 자네
나는 눈을 뜨네
허공에는 장미 향기 가득 하네
날 두고 가리야
산 넘으면 강 건너면 가는 건가
꿈속의 내게 그대 오너라
나의 텅 빈 가슴 채워 주리라
나의 임은 슬프지 않네
꿈꾸는 나의 이별
그대는 한 아름 장미 앉고 우네

민들레

넓고 푸른 하늘
날고 날아서
웃음소리 낭랑한 잔디밭에 맞아주더라

민들레는
밤새 잠 잘 수가 없네
당신 가슴 너무 넓고 아늑하고
따뜻하여라

다 같이 노래합니다
향기로운 임의 미소는
고운 씨앗이리라 씨앗이 되었네

보모님 날 낳아 길러 주셨네
한량없는 그 은혜는
늘 아프고 고마운 존재 입니다

민들레는
정만을 남겨두고
새로운 시작을 위해
하늘 높이 날아갑니다

가을 손님

싱그러운 날
바람결 따라 청명한
가을 손님 예쁘게 오시었네

우리에게 주신 기쁨과
행복이 함께하는
아름다운 사색의 가을날에

파란하늘에 흘러가는 뭉게구름처럼

아름다운 꽃
익어가는 열매
참 평화로운 날이다

무엇으로 해답 할까
하늘에 감사의 인사를
띄우렵니다

가을의 기쁨

풀벌레 소리는
초저녁부터
가을밤을 온통 채웁니다

황금빛 둥근달이
어둠을 몰아내고
가을의 기쁨을 밝힙니다

코스모스는
마을 어귀에서 부터
공원에 이르도록
우우우 무지개를 띄웁니다

망설임 없는 이 찬란함
서로를 세우고 받쳐주고
사랑으로 행복을 누립니다

그리움

달이 뜨는 산마루
억새꽃 춤을 추네

텅 빈 나룻배 누가 왔다가 떠났는지

이 밤에 기러기는 구만리 임 그리네

온밤을 슬피 울어라
가을밤에 귀뚜라미

억새 춤사위
별들이 뒤란에 내려앉고

행여 오시려거든
이 밤 나를 찾으세요

참 사랑

말이 세상에 없었더라면
그만큼 거짓말이 적었을 거다

나의 사랑은 거짓이 없다
그것을 나는 이제야 알았고
사랑은 의식이 아닌 무의식이다

언제나 무언으로
그대 고운 숨결 들으면서
영원토록 살고자 합니다

사랑하는 맘이란
사랑하는 사람이 이 세상에
있을 때라야 생겨난다

사랑은 언제나 영(0)이다.
받을 것도 줄 것도 없는 것이다

사랑이란 말은
하지 않은 것이 참사랑이다

가을 언니 파이팅

예쁘지도 않고
젊지도 않아
늙지도 않고 밉지도 않은
가을 언니랑 걸어가네

신기한 꽃 너무 많아
멈추기를 반복
앉았다 일어났다

하늘을 보다 강을 보다
날 봐 달라고
개불알꽃 애기똥풀 고추나물
살살 맞은 코스모스

가을아침 큰 바람 불라
걱정스런 들국화
언니 낼 또 와

오늘은 언니 오니
허전한 나의길
아침이 환합니다

가을언니 파이팅
우리 모두 파이팅!

예쁜 장미꽃을 보냅니다

임의
따스한 마음이

낙엽처럼 갈바람에 나라와
오던 길 뒤 돌아보게 하네

우리 언제 만났나요
밝은 미소에
어느 가을날

서로의 눈빛과 마음으로
인사 나눕니다

회색 모자에
갈색 선글라스
강물이 푸르니 두 맘도 푸르네

예쁜 노래 들으며
장미꽃을 드리네
어느 날 사랑하는 당신에게

달맞이 꽃

유월 보름달
놋대야만큼
커다란 황금달님

강 언덕
넓은들
달마중 왔구나

노랗게 한대모아
깔깔대는 큰 애기야
치마 끈 풀어질라

달빛 아래
술래잡기
얼씨구, 흥겨워라

빙글빙글 돌아도 보고
정신없이 뛰어도 본다

오신 달님 가시는 길에
노란꽃잎 따다

즐비하게 깔아 놨네

임이여 가시걸랑
한 보름 지내고서
지체 말고 되돌아 오소서

진달래 꽃

임 앞에
사랑의 기도
마지막을 드립니다

밤이 새도록
가로세로
베틀에 앉은 사연

열손가락 마다
붉은 지성은
각혈의 눈물을 토하고

씨줄과 날줄을
기쁨으로
굽이굽이 얽었나니

진달래꽃이여

하늘아래 더도 덜도 말고
가슴 깊이
애틋한 사랑의 기쁨이어라

제2부

하늘의 축복

4월이 오면

화사하게 피어난 벚꽃들로
하나 둘 흩날리며
작별을 고하려하네

어느 날
사라지고 말 벚꽃들에
깜짝 놀랄 일

비가 내리고
바람이라도 불면

함박눈처럼 흩날리고
꽃잎 떨어진 손바닥 끝마다
빨간 꼭지만 남으리니

오, 임아!

무상이어도
나는 좋아
내년을 기약하면서

4월 어느 날
고맙고도 고마운 나의 사랑
꽃길 속에
홀로 눈을 밟고 걸어가네

내일의 희망

무작정 길을 따라 걷는다
두 마음 서로주고
더한 기쁨을 누리면서
어느새 하나가 되고 싶다

어느 누구에게도 말 할 수 없는
살아 온 이야기
수다는 끝이 없다

하늘을 바라보면 두둥실
구름은 나의 친구
한 그루의 소나무도 내 마음을 아는 듯
흔들흔들 인사한다

어쩌면 쓰러질듯 말 듯 한 나무보다
나약한 내 모습
자신에게 무언의 말로 넌지시
던져 보기도 한다

흐르는 세월은
비켜 갈 수 없듯이

생각하는 것과 보는 관점에서
다름을 내 알고는 있지만

하늘을 향해 힘차게 날아가는
독수리처럼
내일의 희망을 바라보면
앞만 바라보고 갈 것이다

가을 언덕 코스모스

앙증맞은 키
코스모스가
강 언덕에 만발 했네

해마다 그 자리
올해도 만나니
반가워라
코스모스
고와서 반했나
입 맞추네

각양각색 색동옷
사랑스러워라
한껏 귀여운 네 모습

내 마음도
너랑 함께 해 지도록
한들한들 춤을 춥니다

노란 은행잎 편지

하루의 시작은
내 마음에 주단을 깔고

남으로 창문을 여네
멀리서 들리는 낮은 음의 아리아

은행잎 하나 떨어지네
내 입술에
싱그러운 입맞춤 하네

오늘 날아 온
노오란 편지는

하이네 낡은 시집
책갈피에
그 가을 소녀적 새겨놓은 시

푸른 바다 넘치는 파도
가버린
지난날 이야기

사랑해 사랑해
문에 비추인 햇살
갈색 커피 잔 위로 따스하다

황홀한 저녁노을

하얀 구름이 떠가는
맑은 하늘바다에서
낮에 나온 반달이 내려다보네

오늘은
푸른 하늘 총총 떠있는
꽃구름과
동행하러 나왔나 부끄러워 숨네

황홀한 저녁노을
보금자리 향해
서쪽으로 서쪽으로
흰 구름과 떠가며 동무 할 건가

짙어 가는 가을
머잖아서 나무들은
황홀한 드레스로 갈아입으리라

산과 들에
노랗게 빨갛게
단풍은 수놓기 시작입니다

우리들의 가을 이야기

너의 이름 가을아
물감도 없이 종이에
가을 산, 넓은 들 곱게도 그리시네

서로 사랑하는
빨간 고추잠자리 두 녀석
어딘지 마실갔다가 까불면서 돌아옵니다

누렇게 익은 호박덩이
뒹구는 넓은 강둑에
하늘하늘 춤추는
살살이꽃의 어여쁨이여!

왕방울 눈 껌벅이는 누렁소
전설 같은 핑계소리
반짝반짝 가을 열매 익어갑니다

우리들 가을 이야기

모닥불 둘러 앉아
신나는 노래 안에
불타는 산, 황금 들
가을 이야기를 그려갑니다

꽃밭에서 (2)

꽃이 핀 동산에
벌과 나비는
꽃들을 사랑하네

키 큰 접시꽃
예쁘고 화려한 꽃보다
돌 틈 사이 앙증맞은 채송화도

임 보러 산 넘어오다가
구름 아래 작은 동내
사랑의 예배당에는

가난해도 행복한 사람들이
모여앉아서
기도하고 찬송하네

하늘의 축복

어느 누가
저 높고 넓은 하늘에
가을이면 남색 물감 고루 칠할까

파란하늘에
꽃구름 새털구름 뭉게구름
신비로운 마술 끝이 없으시네

어느 순간 먹구름
하나님 꾸지람
천둥 번개 소나기 큰 비 내린다

우리는 죄 없심니더
심고 가꾸고 거둠도 죄입니꺼

선한농부 검은 얼굴 바람으로 위로하니
하늘에는 영광
땅에는 꽃과 열매

감사의 노래로
더덩실 춤을 춥니다

좋은 생각(1)

깊어가는 가을입니다
속이 꽉 찬
오늘하루 억새로
바람을 품고 나는
햇살아래 여무는
나의 생각을 말립니다.

행복은 멀리 있지 않아요
우리의 머리에서
가슴으로 내려오는
흐름 속에서 살짝 내밀면
다가옵니다
좋은 일이 많이 있을 거예요

가을날의 사랑

가을은
당신도 나도 주인입니다

가을에
피는 꽃은 당신과
나의 사랑입니다

언제나 꿈을 꿉니다
당신을 향한 나의 마음

새로운 만남이 시작되는 날

꽃과 벌되어
내 가슴속에 환희로 가득 찬
환상적인 꿈을 꾸는 것처럼
말이에요

아늑한 보금자리
마련 해 놓고
기다립니다

당신의 사랑 품으면
향기를 느낄렵니다

비가 내리는 수요일 오후

조금 가라앉아
차분한 호숫가
수요일 오후

드문드문
긴 나무 의자는 비에 젖은 채
깊은 생각의 빈 그림자

둠벙에는
오는 비가 좋아라
뱅글뱅글 물방개
개연 잎 사이사이로 오가며 노닐고

청개구리 연 방석 요리조리
뛰며
비가 오는 오후가 조용해서 좋은가보네

검은 비구름 하늘 치솟는 미루나무
헌 우산을 쓴 반바지에 내 모습 을씨년스럽구나

모든 인류의 두뇌를 비웃듯

눈만 뜨면
코로나19, 코로나19

아무리 커도
아무리 아름다워도
너를 따라 잡을 수 없다니 아이러니라

마스크를 벗으니
아름다운 호수는
자유보다 더 자유로운데

가슴 깊이
대들보는 그냥 두고
손톱 밑에 배접만 걱정타가

이제부터는
혼자 가지 말고 함께
빨리 보다 천천히
나누며 사랑하며

나는 돌아갈 때
누구에게 줄까
한 송이 붉은 장미를 산다

자연과 나

자연을 벗 삼아
무작정 길을 따라 걷는다

둘이라서 행복한 것이 아니라
혼자라서 더한 기쁨을 느끼면서
어느새 하나가 되어 간다

어느 누구에게도 할 수 없는
솔직한 심정으로 살아 온 이야기
수다는 쉼 없이 나온다

하늘을 바라보면 두둥실 떠다니는
구름도 나의 친구
한 그루의 소나무도 내 마음을 알듯
인사인 것처럼 나무는 흔들린다

어쩌면 쓰러질듯 말 듯 한 나무보다
나약하지 않은지
자신에게 무언의 말로 넌지시
던져 보기도 한다

세월의 흐름은 비켜 갈 수
없는가보다

생각하는 것과
보는 관점에서는 예전과 내가
다르다는 것을 내 스스로 알고는 있지만

지금 아직은 아니다
하늘을 향해 힘차게 나는
독수리 날개 치면 날아가는
희망의 메시지를 바라보면서
나를 일으킨다

새벽 한시

새벽 한시
단풍 물든 사연이 불러
다시나가 벤츠에 앉아
혼자만이 누릴 수 있는 사색의
시간이 됩니다

하늘의 별과 땅에 자연은
새로운 빛깔을 담아냅니다

아름다운 이 밤
나의 마음은 이 모든 것들과
함께 나눔 하며 은근히 즐기며
기쁨으로 느끼게 합니다

나에게 밤의 사랑이
찾아왔기 때문입니다.

어느새 이 가슴 파고드는
사랑의 감정들 뉘에게 줄까

하늘에 떠 있는 별

땅에 있는 자연과 바람으로
노래하며 춤추며

나도 모르는 또 다른
인생을 배웁니다

해금강

해금강
갈곶리
저 먼 바다여

아득하게
젖어오는
뱃고동 소리

울어라
갈매기야
파도 타고
너도 울어라

솔밭 사이
불어오는 바람
노래하던
옛 추억

나도 따라
가슴에
쌍 고동 운다

저 바다
노을에
천층만층
꽃 보라 진다

아름다운 그대

아름다운 그대를
바라보며
정겨움의 속삭임

낮은음의 입맞춤
떨어져 있는 낙엽 한 장 주어
책갈피에 넣어

푸른 바다
넘치는 지난날의
이야기이었어라

죽음

황새는 홀로
아리랑 임에도
구애치 아니하며

홀로
죽음 일 것이라는
것에
만 백임을
만 흑으로 산다

그대의 향기

그대의 향기
내 몸에 가시가
있어
못 오시나?

오늘도
그대 흔적 찾아
헤매고…

밤하늘의
별빛은 유난이도
반짝이는데

바람이 가져다 준
그대 향기에
잠 못 이루는 밤

그대는 아시나
모르시나요

사랑(1)

나는 아직도
사랑의 꿈을 꿉니다
아주 가끔씩…

묘한 감정으로
느끼는 아름다운 꿈을
말입니다

가을의 꿈

나무들은
자기 나름 예쁜 물감을 고른다
하늘보다 더 파란색 구름보다 하얀색

꽃보다 예쁜 꽃을
그리고파
꽃밭에 앉아서 생각을 한다

겨울 되면 까맣게 재가 되어
세월의 쓴맛을 남기고
떠나는데

살아있는 자연은
자기의 것을 놓고 심판을
기다립니다

잎은 색동을 입히고
낙엽이 되고
열매는 영글어 씨알이 되네

씨는 섞어야 하고

나뭇잎은 떨어지며
아름다운 꿈을 이루기 위한

가을은
희망의 계절입니다

가을을 두고 가네

하늘아래 사람
늦은 가을을
정갈한 질서 줄로 세우고
채색하는 그대는
노랗게 하얗게 붉게 그립니다

방황하는
여린 영혼들은 한 줄로
국화꽃 들고 화동처럼 따라가네

그윽한 향기에
고운 꿈 안고 떠납니다
천둥번개 거센 비바람
이겼나니

황홀한 달빛
오색 낙엽들은
저들만의 존재에 잠이 드네

10월이 아름다운 것은
가는 그대가 있기 때문이라

후미진 그곳 풀 속에는

아무도 모르게 가드라도
그대 보고픈 마음에
그 날에는 다시 찾아오렵니다

제3부

산책로에서

들국화

한 세상 사는 것
뜬구름인데

작은 꽃 하나라도
사랑해야겠네

노랗게 하얗게
웃음 잃지 않은

한 송이 들국화로
당신에게 피우련다

시월의 사랑

사랑은 내가
좋아해서 찾아다니는 게
아닙니다

내가 먼저 더 좋은 사람이
되어야겠죠!

마음이 따뜻한 사람을 보면
꽁꽁 얼었던 내 몸이 풀리는 것
같은 느낌이 듭니다

아이스크림 녹듯이 마음에
부드러움을 느낍니다

사랑은 달달하면서도
솜사탕처럼 달콤한 맛이라고 할까요

가슴이 터질 듯한 석류 알처럼
어느 누구나 뜨거운 가슴속에
정열적인 사랑의 꿈을 꿉니다

현실은 다르지만
시월의 사랑이라
우리 모두 꿈이라도 꾸며
살아가요

단풍

단풍이 나뭇잎
생의 절정이라면
낙엽은 생의 마무리이라

한철의 삶을 접고
휘익 허공에 나부끼며
손을 흔들어 미소로 작별 인사를 하네

눈부시게 고운
단풍은
인생살이와 같아

젊음에서 늙음으로
또 죽음으로
가는 것

서로를 보듬어
품은 채로
나란히 누운 나뭇잎들

한때 뭇 시선을

받았던 시절
아쉬움을 작별하고

저렇게 고요히
대지의 품에 잠들었구나

한철 살고 사라지는
너희들의 삶

한 잎. 두 잎 떨어지는 낙엽이
내 마음에 꽂이네

저 오래된 애정과
연민을 두고 떠나는
그대들이여…

안녕!
또 안녕!!

꿈속의 이별

나 꿈꾸네
장미 한 아름 안고
나는 눈을 뜨네
허공에는 장미 향기만 가득하여라
날 두고 가려나
산 넘으면
강 건너면 가는 건가?
꿈속의 내게 그대 오네
흔드는 손
나의 텅 빈 가슴 채워주더이다
나의 임아
어디 쯤 가시다 오셨나요?

꿈속의 임이시여

할미꽃

부끄러운 듯
살포시
고개 숙인
전설 속 슬픈 여인아

한 많은 그리움
아직 삭히지 못해

등이 휘도록
떠난 임 그리며

슬픈 추억의
할미꽃이 되어 버렸습니다

시월의 멋진 오후

어제는 안개로 자욱 하드니
오늘은
뭉게구름 맑은 하늘

비는 그치고
그 많은 먹구름 어디로 갔나

어제와 다른 푸른 하늘빛
가을은 깊어 가는데
산과 들은 더욱 고운 빛을 냅니다

가을의 절정
빠른 세월을 온몸으로 느끼는
시월의 멋진 오후

보고 싶은 그대는
언제 오시려나
행복한 오늘 그리운 당신이
기다려집니다

산책로에서

싱그러운 아침
숲속 길은 상쾌함으로
싱그럽게 온 몸으로
느낍니다

새들의 합창에는
한 멜로디를 연상케 하듯이

평화로움 속에 호흡하며 산소를
들이킨다

내가 오고 가는 길
동화에서 나올법한
천진난만한 웃음소리로
즐긴다.

내가 오늘
사랑하는 존재의 이유는
이곳이 나에게 의미를
부여해주기 위함이고

현재 안에서만 인간의 영혼에
자유로운 신성이 나타나기
때문이다

언덕에 올라

언덕에 올라
바위에 걸터앉아 준비한
따뜻한 차를 마신다

부드럽고
넓은 임의가슴
여유 있고 당당해 보이는
임의 얼굴

이 세상에
누군들 힘든 일 없겠나요
하지만 난 행복합니다

임을 만나
모든 괴로움 다 잊게 하시니
임을 향해
목월님의 시를 노래합니다

"산촌에 눈이 쌓이는
어느 날 밤에
촛불을 밝혀두고 홀로 울리라."

임과 함께 부르는 이 노래는
하늘 닿는 기분
사랑하는 임의 품속이
행복합니다

가을비

창문 밖에
비가 내리네

목마른 사랑에
자연이랑 놉니다

우리는 노래하면
즐긴다

싱글벙글
눈웃음 짓네

가을비 속에
마음껏 자유를 누리면

나비는 춤추고
손짓으로 찬양하네

온 세상 널린
익은 열매 꽃이 가을비에 젖는다

겨울사랑

모든 잎새의
무게를 내려놓고
하얀 뼈 마디마디에
봄을 키우는 겨울나무.
앙상한 가지에 달빛이 차네

깊은 밤
차를 마시며
모르는 세상 길
나는 어디쯤 가고 있는 가
생각을 해 보네

12월의 하늘은
또 한 번의
새해를 문을 열어 주는 날

내 심장에 뜨거운 피가 돌고
열정은 불길처럼 솟아나
새로운 사랑을 품을 일이네

첫눈이 내리면
눈부신 은빛
비단 길로 오는
사랑이여!
설렘에 기다려집니다

눈 속의 추억

눈이 하얀 나비처럼
많이 내리네

그길 가는 우리는
미끄러워 넘어집니다

넘어지며 서로 붙들고
같이 눈 위로 안고
구르기도 합니다

누군가에게 자꾸 의지하고픈
순수한 동심의 세계여!

웃기고 신나하든
아름다운 눈 속의 추억

잔디밭 쌓인 눈길
자연의 숨결을 간직한 오름

나비처럼 날아 검은 지붕
온 세상 하얗게 덮어줍니다

약속

그 어느 날 내가 말했네
당신이 필요하다고

내 마음의 평안을 누리며
그 안에서 숨 쉬며 놀았다네

그 어느 날부터
내가 조심하고 또 조심하는 것은
바로 약속의 말 때문이라

책임 의식 하에
지금도 걷고 있는 이 길을
그토록 살피는 까닭도

"그 때문이라는 사실을"

혹여나 진실이 깨질까봐
그 사랑이 힘들고 마음 상하게 할까

나,
바람 불고 비 오는 날도 소스라치게

놀라하며 두려워하는
나를 아직
모른다오

우리들의 약속은
저 산 넘어
꼭!
꼭!
숨어 있는 건 아닌지…

예쁜 별 하나

달 없는 밤이 드니
칠흑같이 깜깜한 밤하늘

하늘 가득 작은 별 가운데
예쁜 나의 별 하나 찾아 나서네

반짝이는 눈동자는 은구슬이요
매력만점 보조개 미소

뽀송뽀송한 얼굴
바람결에 파도머리 날리는데

발갛게 익은 앵두 귀볼
따듯한 그대사랑 기다립니다

그리운 사람

차 한 잔의
은은한 향기에
새삼스레
젖어오는 그리움
햇빛만 바라보며
살아온 해바라기 같은 사람

작은 것도 아끼며
덜 가지려 애쓰는 사람
잃은 것
얻은 것에
무관심하며
주고만 싶어 하는 사람…

이런 일 저런 일
밤하늘에 반짝이는
잊을 수 없는
그리운 사랑이여!
행복을 주는
나의 그리운 사람이여라

열일곱 살 꽃길

열일곱 살 꽃길은
예쁜 발자국

잠이 덜 깬
나비의 눈가에
아침 이슬비 방울방울

요한스트라우스
왈츠
빈 숲 속의 이야기 속으로

울타리에 개나리
베란다에 수선화
코 끝 사이
노오란 꽃향내 흐르네

어니쯤 어디쯤
임 오시나
가늘게 입술 다물고 눈 감네

보들보들 하얀 살 냄새

입맞춤 한번에

피아노건반 위로
선율이 흐르네

열일곱 살 꽃 밟고 가는 길
어느 소녀의 사랑이야기입니다

함박눈

어젯밤 뜰 앞
나무 아래에
당신이 웃으며 서 있었습니다

빵긋이
밝아오는 창문을
화들짝 열고 살펴보니

가지마다
밤새 내린 눈이 하얀 꽃으로
소복소복 피었습니다

당신은 어디에 계십니까
함박눈, 함박눈
탐스럽게 내리는데…

낭신은 언제나
아늑한 언덕입니다

사랑(2)

내 사랑은
보이지 않는다 해도
항상 거기에 있다

내 사랑은
사라지는 게 아니라
다시 오고 있는 중이다
내게로 내 눈 속으로

사랑은 그리움이고
기다림의 이유이며
사랑은
키움, 가꿈, 거둠입니다

입동을 지나

갈잎으로 쌓인
아파트 가로수길
벗나무 낙엽으로 덮혔네

어디 다른 길엔
노란 은행잎과
붉은 단풍잎이 쌓여 있으리라

느티나무 낙엽들이
쌓이어 운치를 더하고 있을 때
문득 회상에 잠긴다

가을은 낙엽 색깔로
저만큼의 모습으로 깊어 가는데

입동을 지나
낙엽도 추운시
돌아서 바람에 눕는다

기다림 (1)

마음 달래느라
비를 기다렸는데…
시큰둥합니다

하지만
맑은 하늘도 싫어하지는
않습니다

조금 더워도
봄 장미는 좋아라 하지요

하얀 얼굴에
커다란 밀짚모자 하나면
충분합니다

선크림, 노오
파라솔, 노오
탱탱한 얼굴 젊어지는 마음

비 내리는 것보다도
더 좋은날

그래도
오늘 같은 기다림이 오시는 날엔
비가 왔으면 좋겠습니다

봄의 향기 나네

아직은 예쁘다고
만지지 마세요

그 꽃 연한 향기
멀리멀리 날아다니게

봄이랑 언덕 위에
같이 살라 놔두세요

저 노오란 꽃과는
처음 만남이라네

오늘부터 첫 사랑 임이랑
봄으로 헤어질 때 되도록

아장아장 예쁜 향기
곱게곱게 걸음마 간직하오리라

제4부

그대를 향한 사랑

사랑하면

사랑하면 그리하게 되는가보다
사랑하면 그리하여야 하는가보다

보고 또 보고 싶어서
하루 종일 고개 숙이지도 못하는
해바라기처럼

그리워서
담 너머 고개 내밀고 기다리는
능소화처럼

기다리지 못하고
산 넘고 강 건너 찾아나서는
민들레처럼

사랑하면 그리하여야 하는가보다
사랑하면 그리하게 되는가보나

정겨운 소리

시냇물이 졸졸
정겨운 소리를 내며
흐를 수 있는 것은
시냇물 안에
돌멩이가 있기 때문이다

물의 흐름을 방해하는
돌멩이와 부딪히는 가운데
내는 졸졸졸
정겨운 소리로
승화되는 것이죠

올 한 해를 살면서
때로 원치 않는 일들과
부딪칠 때마다
너무 괴로워하기 보다는
시냇물처럼 정겨운 소릴
낼 수 있었으면 좋겠다네

둥글둥글 함께
어우러지며 그렇게
이렇게 동그라미 속에
행복과 사랑을
마음에 담아 넣어 보렵니다

질투는 행복의 적

질투심이 많은 사람은
언제나 불행하게 살아간다
중요한 행복의 조건을 상실해버리기
때문이다
질투라는 것은
자기가 소유한 것에 대해서
즐거움을 찾지 않고 마음은
언제나 광야를 벗어난 사람처럼
어둠속에 헤맨다
남의 소유물에 대해
인정하지 못하고 괴로워하는
심리현상과 성향을 말한다
행복은 자기가 지배할 수 있는
소유권 내의 물건을 사랑할 수 있는 것이다
남의 주머니에 든 물건을
탐내지 않는다는 것이
자신을 위한 최선의 일이고,
상대를 축복해 주는 것이
자신을 위한 행복이고
사랑입니다

석류

가지런히
붉은 입술

오목조목 붉은빛 보석
서로 갚은 숨으로 껴안고

사랑해요
사랑해주세요

아무도 듣고 있지 않네
몰래 말하지 않아도 좋아

아름다워요
미소 가득
가슴은 따뜻해

따가운 가을볕에
하얀 진주알처럼 영글어

네 눈감고 자고
나 입 맞출 거다

석류는 행복
웃음을 참지 못합니다

해바라기 할머니

할머니는
해 바 라 기

한평생 할머니는
햇빛 따라 씨앗 가꾸느라
백의 구십은
땀으로 살았고

뇌성벽력 폭우 때면
백의 열은
눈물로 지냈고

씨앗들 다 여물어
고개 숙인
백의 백은 뜨거운 정으로 살아온

해바라기는
나의 할머님이시라

옛 추억 썰매장

따스한 해님은
하얗게 눈 쌓인 언덕에서
썰매 타는 애들 몰래
야금야금 미끄럼을 녹여갑니다

이른 봄 햇살같네
아직은 그래도 쌀쌀
봄을 기다리기엔 너무 이릅니다

겨울은 겨울대로 맛이 있기로니
좀 더 기다려 보노라면
따뜻한 봄은 꼭 올 거라요

견디어 보자구요
바람 따지 동백꽃
목련꽃나무 금방 새순 날 테니
넘 앙탈 봄 기다리지 말라구요

시끌벅적
동네 애들 눈썰매장
모두모두 즐거운 저녁나절 풍경

그대를 향한 사랑

그대의 사랑인 듯
숲속의 바람은 시원스레
입술을 적시는 느낌

잔잔하게 흐르는 음악의 선율을 타고
그대를 향한 그리움이 흐른다

그대사랑 앞에 무엇을 담기
위함인가

마음 깊은 곳에서 사랑의 욕망은
꿈틀 거린다

그대 눈부심에
살며시 눈 감아 볼 게요
그리고 믿을 게요

다시 만나는 우리 사랑
완성의 그날까지…

보랏빛 향연

태양이 빨갛게 수평으로 지면
보랏빛 밤하늘의 은구슬
수만 개 별을 만들어 뿌리네

겨울은 깊은 잠속으로
나무는 갑옷 입고
어느 틈사이로
연두색 입술 살며시 내밀고
봄은 숨 쉰다

보라색 호수에
보랏빛 엽서는
바람에 정처 없이 밀려가네

행복 드레스 입고
천사여 하얀 침실로 들어 오너라
봄이
차가운 겨울바람 밀고 나오면
빨간 동백꽃부터 국화까지

애기무덤에 할미 꽃

땀 흘러 괭이로 밭에 도라지 심고
창문 밖에 핀 자목련의 꽃

마지막 보랏빛 국화
눈서리 속에 장식하네

비밀의 문을 열면
진보라 립스틱
은구슬 살며시 넣어드리네
나의 천사여!

보랏빛 향연에 넘치는 광장에
태양이 밝아옵니다

잉태를 위하여

눈을 들어 하늘을 본다
늘 보던 하늘
눈이나 비가 오는 날은 낮은
살살이 꽃 활짝 피면 그리도 높던

잉태를 위하여
푸르고 높은 하늘 속을 헤맨다
온 맘 던져서 끝도 없이 떨어지네

흰 구름이 안아 주네
사뿐히 잔디위에 내려놓으며
꽃밭에 꽃향기인가

잉태를 위하여
소나기처럼 우는 눈물
용서로 벗겨 주시네

모퉁이에 돌이 나를 세우고
모래위에 헐리고
바위 위에 집을 짓네

둘만의 집에서
소망을 감사를
잉태하였습니다

좋은 생각(2)

행복은 살수도
빌릴 수도 없지만
행복하기로
마음만 먹으면
내 안에서 샘이 솟아요

비난하거나
원망하는
삶이 아니라

산들바람과 같은
부드러운 마음이면
행복과 사랑은
내 안에 있습니다

가을 달밤에

이 가을 달밤에는 어스레 창문가에서
귀뚜리 소리로 귀띔을 하렴

소곤거리듯 살그머니
모로모로
모로모로
인기척이면

미루미루
미루미루
읊조리듯 가만가만 느껴보아요

마음 놓고
외로운 가을달밤
은빛 어린 사잇길로 함께 걸을까

애절한 우리의 노래는
물들어 마음 아픈
갈잎을 위로하고

기다림으로 흐르는 강 언덕에는

마침내 이 한 밤
사월 줄 모르는 환상의
세레나데

끝없는 설화에 서린 밤
흩어진 마음
달빛에 젖고

달은
중천에 휘황한데
사랑스런 길손아
걸어온 길

한자리 거기에
쉬어가라 쉬어가라
갈바람도 머문다

고향의 버드나무

식목일 날 받은 나무
우리 논가에 심었다

세월이 지난 후
나를 생각하는
아버지의 그늘이고
그리움이었다

초승부터 보름까지
달과 별 놀다가네

엄마도 이모도 고모도
지나가는 나그네도
달 담아 별 길러 가드라

버드나무 치렁치렁
한잎 두잎 노란버들 잎
가을바람에 스르르 떨어지는데

오가는 길
나그네 봇짐 풀고

맘이 늘 가난하고 목이 마르네

험한 우리네 인심
한바가지 물이라도
버드나무 그늘
푸른 하늘 뭉게구름 담아
보내렵니다

세월 속에 나

흐르는 것은
세월만이 아닌가 봅니다
지금 책상위의 컴퓨터에서
잔잔한 음악이 흐릅니다
고향의 냇물도 흐르고 있을 것이고
새벽 구름과 달빛도 흐르고 있을 겁니다
사랑하는 사람의 세월은
잡아 두고 싶어도 흐르고 있습니다
흐르는 것이 맑아지는 것이라 생각하면서
세월 속에 나를 더 높이렵니다

저녁노을

살며시
고개 내밀고
수줍은 듯 웃는
그대여!
강물처럼 흘러가버린 시간들이
밀려오는 그리움입니다
하루가 가고
또
내일이 와도
그대의 수줍어하며
미소 짓는 향기는
저녁노을로 물들어 갑니다

또 감사

마음을
흰옷으로 갈아입히고

꽃을 한 아름 안고
십자가 아래 모입니다

맑은 샘에서는
생수가 갈증을 녹이시니

굳은 고목에서도
새로 잎들이 팔랑대네

사람과 짐승과 새들이 함께
아침을 노래합니다

모든 입술을 주장하시는
은혜의 십자가

영광을 받으소서
감사
또 감사가 넘치옵니다

겨울나무의 소망

모든 잎새의
무게를 내려놓고
봄을 기다리는 겨울나무

앙상한 가지에
달빛이 차가워라

홀로 앉아 바라보는
모르는 세상 길
나는 어디쯤 가고 있는 가

12월의 하늘은
또 한 번의
새해의 문을 열어 주는데

겨울나무에게 봄은
심장에 뜨거운 피가 돌고

푸른 불길이 살아나는
겨울 소망을 품을 일이네

첫 눈이 오걸랑
눈부신 은빛 비단길로
설레설레 임은 오시옵소서!

갯바위

소년은 어느 날
배에 꿈을 싣고
먼 나라로 바다를 떠났네

잔잔한 바다
개나리 꽃잎 지는 날
윤슬처럼 고요히 소녀는 울었네

소리소리 바다의 통곡은
갯바위를 할퀴고
어매가슴 할퀴고

바다에 누운 통곡이여
수평선 저 멀리 안타까운
바람의 소식 기다리는 소녀

너는 무슨 전설 속 불덩어리
잔잔한 푸른 파도 위로
갯바위 누워서 말이 없구나

오늘도
숙명의 여로 끝나는 날
맴도는 바다 계절의 철새처럼
외로운 갯바위에게로 돌아오리라

기다림 (2)

함박눈
하얗게 내리는 날

그리던 임
오시려나
문고리 잡네

예쁜 옷 찾네
머리 감고
입술 곱게 바르네

행여나
지금 오시면
내님 사랑하리라

조용히
문 열리는 소리
눈 감고 그립니다

그대를 기다립니다

그대의 아름다운
빛을 기다립니다

따뜻한 봄볕에
목을 녹였어요
포근하게 스며든 행복에
새싹이 삐쭉 고사리 손을 내밀었어요

뜨거운 여름을 만났어요
어른이 되어야 한데요
무성하게 쑥쑥 자랐어요
태풍이 왔지만 이겨냈어요

그대를 만나기 위한 긴 시간 속에
사랑을 행복을 인내를 배웠어요

기다린다는 것은
희망이고 살아있다는
숨결 같아요

고로
고난과 행복은
순간의 시간입니다

눈이 내리면

눈 오는 날엔 숨죽은 들판이
새봄을 기다리는
초록빛 춤을 춘다

겨울은
끌어안으면
오히려 따뜻한 가슴 같은 것

한 칸 구들장의
온기와 희망으로
가족들의 꿈 안에서
길고 긴 겨울잠을 잔다

제5부

사랑의 그리움

해와 달

당신을 향한 사랑을 바라봅니다
하늘에 떠 있는 별을 헤아리고
밝은 달빛에 사랑을 담는 소녀 같은
마음입니다
멀고멀어 잡을 수는 없지만
나의 사랑 길잡이가 되어갑니다
당신은 달
나는 별이 되어
서로를 향한 애타는 마음을
하늘에 담아 보렵니다
당신의 존재는 그 이상
더하고 뺄 수 없는 사랑이 되어 갑니다
오늘이 소중하고 내일의 희망이 있는 것은
해와 달은 나란히
함께하기 때문이라
나는 행복 합니다

사랑은 부메랑이다

인간은 혼자일 때만이
진정한 자유를 느낍니다

둘이라서 행복한 것도 아니고
불행한 것이 아닙니다

오직 혼자서 또 다른 사고
발견하고 느끼면
온전한 나를 발견하는 계기가 됩니다

우리는 이곳까지 오면서
수많은 시행착오를 겪어가며
어려운 일들이 없다고 하면
오히려 거짓말입니다

이만한 삶까지 오면서
삶속에 경지에 도달하는 것처럼
웬만한 일에 부딪치지 않습니다

세월이 말해주듯이

기다림과 인내의 미덕에서
지나온 과거 속에 매달리지 아니하고

오히려 좋았든 일만
부메랑처럼 다시 내 안에 자아를
찾게 만듭니다

미성숙이 진정한 삶으로
돌아오게 함으로서
나를 믿고 세월에 수긍하며,
앞만 바라보고 충실하면 됩니다

부모님의 사랑

부모님의 사랑은
하늘같다 말합니다

모든 부모님이 다 그러하듯이
무한한 자식 사랑 서로 견주리오

사랑하는 내 아빠 엄마
나의 마음을 모를 리가

바다보다 넓은 부모 마음
자랑스럽고 온화한 부모님 사랑

이 제사 깨달음은
한평생 갚아도 남을 은혜

열 손가락 깨물어
그 아픔은 다 같은데

외동인 이 딸만 그리 사랑 주심
용서하여 주옵소서!

남의 집 열 딸 부럽지 않게
외로운 외동이를 못 잊어 하시드니

하얀 병실에 누우신 엄마 품에
불효녀 마음 아파 눈물로
하나님께 간절한 기도합니다

우리 동네 정월대보름

정월대보름
하늘에 큰 둥근달이 뜨는 날
엄마의 손길은 부지런히 움직입니다

오곡밥과 나물 솜씨 자랑하는 날
우리형제 다 모여 밥상에 둘러 앉아
부럼에는 밤과 땅콩 잣을 깨물고

아버지는 이날은
엄마 형제모두에게
막걸리를 꼭 한잔씩 먹이게 했습니다

그날은 좋은날 기쁘고 행복한날
밤이 되면 동구 밖 빈 논에는

남녀노소 청년들은 달집을
만들어 불태울 준비에 바쁩니다

달집을 태우는 곳에 소원 세 가지를 적어 넣고
세 바퀴를 돌면 이뤄진다는 미풍양속

나의 소원은 언제나
부모님에 대한 사랑과 건강이
전부였습니다

정월대보름날에는
모든 액운이 소멸되고
금년 한해 우리 모두에게
행운이 있기를 기원합니다

봄이 오는 소리
- 편목숲길

입춘지나
따뜻한 봄 날씨
로이를 데리고 산책길에 나섭니다

편목 숲길의 상쾌함과
우울했던 기분 조금은 좋은날

로이도 엉덩이를 씰룩씰룩
꼬리는 살랑살랑
한발두발 맞추어 걸어갑니다

이름 모른 산새들
재잘거리는 노랫소리
제들끼리 사랑 인사 분명합니다

발걸음도 가볍게
편백나무 아침산책 길
숲속의 향기 내품는 곳으로

우리 모두 흥겨운
봄이 오는 소리 맞춰
고운마음 하늘 높이 띄워 봅니다
* 로인 : 반려견

러브레터

너는
그날을 기억하니
설렘으로 주고받던 러브레터를
소녀의 감성을 일깨워준
순수한 사랑

그날의 아름다운 사랑의 고백
중년의 나이에도
둘만의 소중했든 그날이
꽃과 나비처럼 너를 찾는다

그리운 그 시절
멀어져가는 뒷모습을 바라보면서
영원이 보내지 못 할 편지를
날마다 쓰네

오 오
소녀의 가슴 안에
간직한 사랑의 러브레터여!

사랑의 엽서

햇살 속에는 나
바람 속에는 너

햇살이랑   바람에는
너 나 있었네

눈부심이 아름다운 사랑 빛
향기를 둘만이 느끼는 마음

아무도 모르네
오직 너와 나의 풍선

푸르른 하늘 위에
사랑의 엽서 띄우네

호숫가에 봄이 오면

봄이 오면
여자는 사소한 것들도
그리워지는데

어느새 봄이 왔네
오다가다 들르던
추억의 호수에 달이 뜬다

스치는 바람의 향기
감성의 일상들은
하루하루 예쁜 연꽃 그리는데

호수를 바라보는
나는 지금 미래를 향하여
세잎 클로버를 찾는 여자가 되네

인생은 흐르는 세월

세월이 빠름을
앞산에 피고 지는
꽃들을 보아서 알지만

세월이 빠름은
봄 여름 가을 겨울
계절의 오고 감으로도 아네

세월이 빠름은
어느 새인지
마음에서 느끼는 미세한 소리

입으로 나오는 말에는
아름다운 것보다는
힘든 세월의 하소연이라

살아있는 생명들의
녹록치 않은 삶의 시간
흘러 흘러서 큰 바다 되었네

사랑의 그리움

달빛이 아쉬워
강물은 흐르지 못하네

꽃 보고 싶어서
바람은 돌아서 또 오네

슬프다면 울어버리고
그대로 변함없을 것 같은데

어느 날
변해진 스스로를 보면

달도 꽃도 다 싫다
눈 깜짝 사이
잊고 버리고 체념할 만큼의 세월

시작을 모르네
끝도 모르네
나를 사랑함이
내안에 계시는 임을 사랑함인 줄

이제는
달빛 아래 강물 흐르네
바람도 꽃을 안고
사랑합니다

오늘이 최고의 날

아침에 눈 떠
밤에 눈 감을 때까지

바람에 꽃 피어
바람에 낙엽 질 때까지

마지막 눈발 흩날릴 때까지
마지막 숨결 멈출 때까지

살아 있어, 살아 있을 때까지
가슴 뭉클하게 살아야 합니다

살아있다면 가슴 뭉클하게
살아있다면 가슴 터지게 살아야 합니다

오늘이 내 인생의 최고의 귀중한 날이라
생각하면서 열심히 기쁘게 살아야겠습니다

새싹 돋아나고 봄꽃이 피어나는
오늘이 내 인생의 최고의 날입니다

엄마의 시집살이

보고 싶은 것은 사랑함이라

평생 제자리
머물러 있지 못하네
흐르는 인생살이는

구름 바람 달과 별
강물은 밤 낮 없이 몰래몰래
종이배 타고 임 찾아 떠나가고

그대 곁에
오래오래 보고파서
뒷산 왕소나무
하늘보다 사철 푸르렀네

사립문 들랑거리던
분홍꽃신 작은아씨
어디 가셨기에

이른 봄날
진달래꽃 활짝 핀 산동네
뻐꾹 뻐꾹 뻐꾹새 목이 메이네

여자의 마음

마음이 고운 여자
예쁜 생각을 하는 여자의 미소

꽃이 그냥 핀 줄 알았더니
나눔 배려 양보 돌봄으로
무지개처럼 곱더이다

양털같이 스스로 보드랍고
사근사근 배 맛이
이리 달고 시원하리요

더욱 향기롭게 다가와
쓰라린 가슴 아픈 상처
바람처럼 어루만지니 씻은 듯 나니라

그대 마음이 행복을 주노니
언 땅이 녹고 싹이 나오고
임은 영원한 나의 친구랍니다.

오늘 내리는 비

오늘 비가 오네
많이 기다렸는데
누가 제일 좋아할까

이른 봄 눈 속에서
다른 애들보다 먼저
피는 꽃들은 보드란 입술 살짝 내밀고

나무가 비를 마시네
목으로 넘어가는 물소리
숨 쉴 틈도 없네

겨울 내 꽃밭을 덮었던
하얀 눈은 밤새 어디로 떠났는지
봄비 내리는 하늘아래 모자람 없네

자애로운 나의님이시여!!

산야에 그리시네
약속의 낙원을 향한
대서사시
은혜가 온 세상에 가득합니다

하늘이 열리고

너무나 큰 하늘
있어야 할 모든 것 있는
닫힌 하늘 문 여시는 날

비가 오나 눈이오나
자비로우시고
함께 있으시기를 원하시는
우리 임이

붉은 휘장을 찢으시고
어린 양 안으셨네
회개와 감사
주홍빛 피를 지성소에 드립니다

어리석은 땅 위의 것 다 버리니
모든 것 주신 은혜가 넘치옵니다

빛과 영광 가운데
자주 빛 휘장 안에 무리를 이루고
재워 주시는 임이시여

믿음 안에서
소망 주시니
사랑의 낙원
영광을 어린양 함께 찬양합니다

하나님은 사랑이시네

열려진 창문사이로

열려진 창문사이로
초여름 바람이 부는지
커튼이 춤을 춥니다

가볍지 않은 바람
어제 내리인 비로
풋풋해진 여름을 만납니다

꽃들은 피었다 지고
나뭇잎은 더욱 싱그러워
녹음이 우리 앞으로 다가옵니다

너무 많은 소나무 향기
송홧가루 날리는
이제는 여름이 왔네

진하지 않은
파스텔의 여름을 만나니
우리는 즐겁습니다

봄비는 고마워라

비는 그치이고
조금은 싸늘함과
촉촉함이 남았습니다

꽃 위에
새싹 위에 내리이고
봄이 더욱 날아갈 듯하네요

봄은 더욱 곱게
꽃은 활짝 피어날 것이다

고마운 봄비
푸릇한 새 움틈이
기지개를 켜고서 돌아납니다

비에 젖으며
사랑하는 사람들과
봄비 속에 감사를 함께 느껴보련다

잔뜩 흐린 사월이

비는
아직은 내리지 않지만
내일까지는 내린다는 예보라네

이때쯤
많은 비가 내려주는 센스
더욱 푸릇해지기 위한 비임의 배려일까요

이른 봄꽃들 지고난 뒤
연달아 피어나는 꽃들로
아직은 푸르지 않은 봄
예쁘죠

꽃은 져감이 아쉬움이지만요
눈처럼 날리는 벚꽃이
만개하여 하얗게 날릴 때면

아!
이 비 내리고 나면

4월
꽃길 위로
천천히 걸어갑니다

4월의 봄날

화사하게 피어난 벚꽃들도
하나 둘 바람에 흩날리며
작별을 고하네

어느 날
사라질 벚꽃들에게는
비가 내리고
바람이라도 불어오면

함박눈처럼 흩날려
꽃잎은 떨어지고
꽃술달린 빨간 꼭지만 남으리니

인생무상이어라

열흘 넘지 못하는 벚꽃
그 화려한 날

옛 추억을
더듬어 보며
잔잔한 하룻날

벚나무 *아취 속을
나 홀로 눈을 밟고 걸어가네!!

- 아취 : 고아한 정취

코로나19

- 희망가

위로는 백두산
아래로는 한라산
아름다운 반도에 흰옷 입은 이웃

오손도손 오천년
붉은 태양은 동해에 떠오르고
평화롭게 서해에 자니
금수강산 아름다워라

싸움을 모르는
우리는 백의민족
오천년 무궁화 향기 넘치는데

인류를 향해 가는
우리들의 앞길을 막는 장애 두려워 마세

우리 민족은 수많은 외침과 질병과
기아를 겪었으나

다시 일어났노라

이겼노라
더러운 힘으로는
우리들의 흰옷 위에
감히 더럽힐 수 있으랴

민족이여
남녀노소 서로 손깍지를 끼고
새날에 새나라 창조하세

꿈을 향해 나아가는
사랑하는 백성
우리는 하나입니다

2021 4.13.
(코로나19로 고통 받는 이웃)

제6부

엄마의 노래

엄마의 노래

찬란한 봄 지났네
사랑한다고
그대 문 앞 서성이다가
4월을 만납니다

내 어머니는
온몸으로 벌거숭이 아들을
입히시고 먹이시며 물을 주시네

검은 땅 위에
진한 녹색물감으로
새 세상을 그립니다

어머니의 가슴에는
송진 냄새 송홧가루
진한 향내가 진동하더이다

어머니는 지혜의 능력으로
문을 여시고
부드러운 바람
따뜻한 햇볕을 부르시네

우리 엄마 노래는
언제나 검은 흙과 푸른 하늘을 바라보며
자녀들의 이름을 부릅니다

사월의 소망

점점 따뜻한 기온이
4월이 푸름 속으로 함께 하네

나무들은 푸른 초록 옷을
꽃들은 초록 잎에 쌓여 예쁘게 피리라

봄 지나 겨울옷을
완전히 벗은 4월의 나무
우리 눈을 더 맑아지게 하네

4월의 푸른 숲을
바라보노라면
우리는 행복해지고
나무는 꽃이랑 조화로움이 아름다워라

그리운 벗이여
소망의 사월 가기 전에

마음의 옛 애기 나누며
초록색 잔디 위를
나무향기 속으로 멀리 걸어보고 싶구나

이별의 노래

가는 봄이 아쉬워라
임과 함께 놀아가네

임의 품에 안길 때
꽃으로 만 안으소서

가신 달이라도 우리 임아
여남은 달 참음으로 기다리려나

모란은 가슴을 열어
배꽃 같은 속살로 맞으려 오리니

어여쁜 나의 임 도시올 날엔
녹음방석 곱게 펴고 하늘금침 덮으고져

낙엽

날마다 가을 산길 숲길 걷네
오늘은 훨씬 많이 쌓인 낙엽들

걸어가면서
빨간 노란 서로 다른
낙엽의 속삭임을 듣네

잎이 지고 난
앙상한 가을 나무들
낮은 점점 짧아지고
반대로는 밤이 더 길어진다

어제보다도
흰 눈이 내리는
겨울이 가까이 오고 있는 중

날마다
또 다른 느낌으로 다가와
말하는 나무 그동안의 친구

하룻길 위에

나무 잎들은
밟아 주기를 너무 그리워한다

웃으며 가네
너의 낙엽의 속삭임은
어여쁜 길 되기 바래주어요

목단꽃이 진다고

꽃이 진다고
서러워 말거라 울지 말거라

오월 따뜻한 볕에
녹색 열두 폭 넓은 어미 치마
떨어진 자주색 꽃 주워 고이 재우나니

안방마다 목단화
귀하고 부하구나
아무도 찾지 않아도
임의 맘 시들지 않네

목단 꽃
꽃으로 지녔던 마음
가슴속 깊이깊이 소망으로 영글거니

하늘은 더 푸르고
어미는 수 없는 날
보듬어 키우니라

목단 꽃이 지던 오월 어느 날
우지마세 서러마세
찬란한 새날에 우리 함께하리라

너를 위한 기도

비에 젖어 서 있는 그대여
나란히 서서
너에게 우산이 되어 줄 수 없을까

살아가면서 모든 일을
함께 겪으며 살아가야 할 운명이라면
너의 슬픔이 나의 눈물이라

저녁노을 붉은 태양을 바라보며
너를 위하여 기도한다

좋아해서
서로의 손을 잡고 말없이
전해지는 행복을 바라는 마음

오~
사랑하는 가슴속에
따듯한 큰 사랑

너를 위한 기도는
언제나 한다네

봄비 오는데

비가
너무 슬픈 비가 오네

하늘은 까맣게
어두운 시간
비닐우산 버리고 비 맞네

봄비야
네 맘 알겠니?
내 마음 서러워 울고 가는 길

사월의 하얀 목련화
비에 젖는다

오 오 오
봄비 오는데 우산도 없네

그리운 내 사랑
비를 맞으리
비를 맞으며 사랑하네

즐거운 나그네

나그네
등에 짐 발걸음이 가볍구나
재 넘어
주막에 주모는 어디 갔나

산에 산에
철쭉꽃 제철인 듯 울고 웃고
나그네
주머니 열 냥에 짚신 한 켤레

봄 지나
진달래꽃 길벗이여 서러말게
나그네
주막에 등잔불 기다리는 게 벗이여

달빛 안은
호수에 반짝이는 직은 별들아
나그네
붓을 드니 시詩는 부엉이 함께로다

봄의 꽃

봄 햇살이 살아
춤추듯
꽃들의 욕망이
뜨겁게 타올라

만개하여
봄의 꽃은
피었어라

나의 이름은
묻지 마세요
몰라도 됩니다
내 몸값은 거저 줍니다

언동에서 인내하며
세심한 너의 정성에
피어난 꽃들의 합창은

그동안 삶이 힘들고
지치고 힘들었다며

나의 기쁨 되는
소망 앞에 이 보다
더 큰 인사를 나눌 수
있을까, 없을까

삶이 지치고
힘들 때 오려고
우리들의 꽃도
힘들었습니다

아름다움을
잠시나마 쉼하며
즐기세요

마음껏 표현하세요
그 누가 있든지
없든지

우리들만의
세상 속으로
가면 됩니다

나는 잡초

푸른 하늘이고
말이 없는 저 풀

나긋나긋 몸짓으로
바람 맞고
낭창낭창 마음으로
빗물을 안은
나는 잡초다

바람 불면 바람만큼
몸 흔들며
비 오면 빗물만큼
툭툭 어깨 털며
더욱 아귀차게
이 땅을 움켜진다

남들이 눈여겨
보지 않는 잡초
움츠려들지 않고

불평이나

절망하지 않고
말없이 의연한 몸짓…
끈질긴 생명과
희망의
눈부신 깃발

맞아서 돌아가는
팽이처럼
풀은 베어도
베어도 자란다

아름다운 이별

어느 날 아름다운
미소를 머금고
다가온 당신이여

좋아 했었다고
말할까
사랑했다고
말을 할까나

어쩌면 둘 다
나란히 함께
봄바람으로부터
전해온 전설처럼 느껴집니다

천진난만한 웃음으로
들려준 그 이야기들은
이제 과거로 돌아가

한낮의 홀씨 되어
바람결에 날아가고
떠나버렸습니다

이젠
안녕이라
부르네요

근데
아직 서툰 인사인지
가끔씩 그대 꿈을 꿉니다

나의 가슴에 미소를
깃들게 하는
그런 꿈들을
말입니다

오월五月의 연가

눈부신 해님 파란하늘
맑은 바람소리 들린다

청록으로 물든 들판
나무는 초록옷 입고

진한 초록에 나무들은
서로 어울려 더욱 싱그럽다

오월이 가면
오월을 누비던 장미도 가나요

아니라오
임의 가슴에
장미는 향기로 남으리라

푸른 오월 이여
자연 속 신비로운 계절

시인詩人은
가는 5월을 그리며
장미를 사랑합니다

아름다운 우정

창문사이로 들어와
가볍게 커튼을 흔들고

지나가는 바람은
봄바람은 아닌 것 같다

초여름의 갈증을 하소연 하듯
어제 내린 비로 풋풋해진 여름을 만나네

나뭇잎은 더욱 싱그러워 집니다
많은 나무들은 우리들의 이야기

청록의 파스텔 위에 여름을 만나리라
수많은 나무들 속에서 우정을 찾노니

그대를 향해 고백하네
우리는 우정으로 영원하노니

열린 창문사이로
바람처럼 살짝 들어왔디 가는 마음

항상 나를 지켜주는
아름다운 우정은
좋은 추억이 됩니다

유월의 단비

유월의 단비는
거세지 않는
보슬보슬 맑은 비가 내리네

어딘가에서 들어본 듯 한 멜로디처럼
가슴이 차분해지는듯하다

가끔은 빗소리에
새소리도 들려옵니다

활짝 핀 장미
꽃잎 위에 내리는 비속으로
조용하게 느껴지는 사람

비 내리는 좋은 오후
길을 걷다보니
그리운 사람이 더욱 그립습니다

하지夏至도 지나고

낮이 가장 길다는
하지도 지나가고
여름이 시작되었네요

무더운 여름
어찌 보낼까 걱정
또 피서의 기쁨 가슴에 안고

바다로 가야 하나
산으로 가야 하나

하늘에 먹구름도
근심스런 얼굴로 내려다보네요

어제는
비를 내리고
떠 있던 먹구름사라지더니

오늘 또
먹구름이
하늘에서 내려다보네

한바탕 소낙비가 내리려나
행복한 수요일 퇴근 길

넝쿨 장미

담장타고 향긋한 미소로
내게 다가서는
넝쿨 장미

비가 오나 햇살이 비추어도
언제나 웃는
그대는
우리의 행복

담장을 타고
풋풋한 향기로
내게 손을 내미는 예쁜 장미여

척박한 땅.
인적 없는 곳에서도
언제나 웃는 그대는
나의 사랑

담장을 타고 변함없는 마음으로
내게 번져오고
활활 타오르는 한 점 불덩어리

언제나 웃고 있는
그대 붉은 넝쿨 장미는
정열적인 나의 '사랑'이다

앵두의 노래

앵두는 오늘도 노래하네
욕심 부려 예뻐지려고
온 힘을 더 한다

아무리 맛있는 음식 먹어도
당신 앞에 서면
나는 눈깔사탕보다 작아지는 모습

칠월 보름 맑은 달빛 아래
포동포동 앵두입술
너도나도 유혹당하고 말았네

외진 두레박 샘
첫 사랑 빨간 앵두
흔적 없이 모두다 어디로 갔나

물망초

그대는 나의사랑
달빛에 하얗고.
숲길에 파랗고
저녁노을에는 분홍빛

당신이 심으신 둥지에
비 맞고 바람에 흔들리며
그대를 기다립니다

당신은
붉은 황혼에 잠자고
밝은 아침에 장막을 열었네

세월은 흘러 변하지만
당신의 사랑 가슴에 품고
나 당신을 기다립니다

하얀, 붉은, 파란 꽃
밤이슬 젖은 입술
물망초 부드러운 미소
한발자국도 가지 못하네

그대여!
나를 잊지 마세요

진보라 꽃

보랏빛 저녁노을
꽃 잎사귀에
그리움 가득 실어

참았고
이겨 내며 살아온
추억의 틈 사이로

마음을 흔드는 잔잔한 울림

서늘한 여름밤의 숨결
차가운 눈빛 머금은
단애의 외로움이여

흐르는 세월의 유일한 소망은
큰 바다를 향한 기도
회한의 마지막별이 되어 핀 꽃

아름다운
진보라 꽃 한 송이여

해바라기

우리 님 오시는 길에
어느 날 내게 마음 주시며

임의 가슴 깊이
사랑의 호수에 빠져 버릴 것 같습니다

떠오르는 아침 해
인자한 임의 미소는

내 인생에서
아주 특별한 꿈을 꿉니다

꿈속에 사랑은
내 전부를 가꿔 기다리면서

임이 바라는
노오란 사랑의 창문을 향하여

내 임을 위해 핀 꽃
애처로운 눈길로

해바라기는
임을 기다리며 피었습니다

청산은 나 홀로

비바람 속에서도
늘 그 자리에
의연한 참 모습

끝끝내
말이 없는 산이여!

애면글면 종종거리는
인생살이!

"사랑 하나면 모두인 것을"

말 아니하고
가슴으로
느끼며 살리라

사랑의 메타포로 빚은 행복의 아포리즘
　- 강자앤 시집 『러브레터』

최 봉 희(시조시인, 평론가, 글벗 편집주간)

　프랑스의 위대한 문호 빅톨 위고는 "인생 최고의 기쁨은 자신이 사랑받고 있다는 확신에서 온다."고 했다. 좀 더 정확히 말하면 자신의 부족한 모습에도 불구하고 사랑을 받고 있다는 확신이 들면 최고의 기쁨을 느낀다는 것이다. 그 때문에 사랑은 반드시 누려야 할 인생 최고의 기쁨인 것이다.

　문학은 대상에 대한 사랑을 기본 속성으로 한다. 그렇기에 시인은 사랑을 기본 속성으로 하여 글을 쓸 수밖에 없다.

　수 없이 많은 사람들의 입에 오르는 주제인 '사랑', 그 사랑에 대한 표현에는 시인의 남다른 창의력, 내용과 형식을 글로 표현할 수 있는 예술적 감성이 필요하다. 이것이 시인이 지닌 예술적 역량이 아닐까 한다. 물론 수사학적 능력도 필요하지만 감성적인 면도 매우

중요하다. 풍부한 감수성을 기반으로 하는 감동이 있어야 진정한 문학이 아니겠는가.

강자앤 시인은 글벗문학회 회원으로 SNS에서 많은 독자를 확보하면서 끊임없이 창작활동을 펼치는 작가다. 「대한문학세계」로 등단한 이후 두 권의 시집을 출간했다. 그의 시에 가장 많이 쓰인 시어는 '사랑'이다. 무료 117번 등장한다.

프랑스의 시인 폴 발레리(Paul Valery)는 "시의 상황의 특징은 감동에 대한 발명이다"라고 말한다. 시는 감동스런 경험에서 꽃을 피우기 때문이리라.

그런 면에서 강자앤 시인은 항상 시를 마치 러브레터처럼 쓴다. 그것도 매일 매일 쓰고 있다.

그의 대표적인 시 「러브레터」를 살펴보자.

너는
그날을 기억하니
설렘으로 주고받던 러브레터를
소녀의 감성을 일깨워준
순수한 사랑

그날의 아름다운 사랑의 고백
중년의 나이에도
둘만의 소중했든 그날이
꽃과 나비처럼 너를 찾는다

그리운 그 시절
멀어져가는 뒷모습을 바라보면서
영원이 보내지 못 할 편지를
날마다 쓴다

오 오
소녀의 가슴 안에
간직한 사랑의 러브레터여!
　－ 시 「러브레터」 전문

시 「러브레터」에서 보는 바와 같이 시는 단순한 애
정이 결코 아니다. 시는 체험인 것이다. 한 편의 시를
쓰는데 여러 사람들을 만나고 많은 사물을 봐야 하고
꽃과 나비의 날아감과 아침을 향해 피어날 때의 작은
꽃의 몸가짐도 인지하게 된다. 세상을 살아가면서 뜻
하지 않은 만남, 오래 전부터 간직했던 사랑과 이별,
이러한 것들과 어린 시절, 소녀적 감수성을 지닌 그
시절로 돌아갈 수 있어야 한다. 물론 그 사랑의 편지
는 부치지 못한 편지일지라도.

시에서 다양한 수사법(은유, 상징, 반어, 역설, 알레고
리 등)은 평면적인 글을 입체적이고 함축적인 글로 만
들려는 노력이다. 그러므로 시인은 어떤 대상을 바라
볼 때 그 대상을 있는 그대로 바라보지 않는다. 인간
이나 사회의 어떤 현상과 연결시켜서 바라보게 된다.
시인은 대상을 새롭게 인식하고 재해석하려는 노력을

기울이게 된다.

시인은 관점과 표현이 새로워야 한다. 다르게 보기와 낯설게 하기, 현실의 구체성과 진정성에 토대를 두고 상상의 나래를 펼치게 된다. 한 마디로 전체적인 통일성과 내용과 형식의 조화에 유념하면서 글을 쓰는 것이다.

괴테는 "모든 것을 젊었을 때 구해야 한다. 젊음은 그 자체가 하나의 빛깔이다."라고 말했다. 젊음은 빛깔이 야위고 사라지기 전에 열심히 추구해야 한다. 젊은 시절에 열정적으로 찾고 구해야만 나이가 들어서 풍성한 인생을 산다는 의미다. 자기의 생각이나 꿈속에 그리는 추상적 생각을 실현하기 위한 구체적 노력이 필요하다. 바로 '생각의 시각화(visualization)'다.

예를 들면 영화 『사랑과 영혼』을 살펴보자. 주인공인 데비무어가 도자기를 빚는 과정에서 패트릭스웨지가 등 뒤에서 그녀의 손 위에 자신의 손을 얹는다. 이처럼 함께 물레를 돌리는 모습이 사랑을 대신하는 메타포(Metaphor)다. 누군가를 사랑해서 누군가를 떠올리면 함께 들었던 음악이나 영상, 그리고 추억 등이 사랑의 메타포로 등장한다. 다시 말해, 행동, 개념, 물체 등이 지닌 특성을 그것과는 다르거나 상관없는 말로 대체하여, 간접적이며 암시적으로 나타내는 것이다.

차 한 잔의
은은한 향기에
새삼스레
젖어오는 그리움
햇빛만 바라보며
살아온 해바라기 같은 사람

작은 것도 아끼며
덜 가지려 애쓰는 사람
잃은 것
얻은 것에
무관심하며
주고만 싶어 하는 사람…

이런 일 저런 일
밤하늘에 반짝이는
잊을 수 없는
그리운 사랑이여!
행복을 주는
나의 그리운 사람이여라
 - 시 「그리운 사람」 전문

 문학은 삶의 경험과 일상의 주변에서 일어난 다양한
이야기에서 존재의 의미를 깨닫는다. 그리고 새로운
꿈을 지향한다. 그래서 시인은 생명의 구체적인 모습
을 다양한 그리움으로 그려내고 있는지도 모른다. 어

떠한 사물이 감각을 통해 우리의 느낌에 비쳤을 때 마음에 일어나는 그림자가 있다. 그 심상에 어떤 의미를 부여했을 때 자연의 회화는 상상의 이미지로 바뀐다. 그때 사물은 현실의 사물과는 다른 의미를 갖게 된다. 이것이 시 창작의 기본이자 시작인 셈이다.

인내가 필요로 하면
기다림이 있어야만 됩니다

사랑은 참 아름답습니다
보세요
아름다운 장미를 갖고 싶다고
욕심을 내다보면
가시에 찔림이 분명히 나타납니다

사랑도 허겁지겁 진도가 빠르면
어딘가에 불씨로 남겨집니다

그래서
사랑에도 자연스럽게 느끼는 대로
인내와 기다림이 필요로 하다는 것이죠

성스럽고 고귀한 사랑
필요로 하면 기다리세요

행복은 기다림의 미학입니다

– 시 「사랑이 시작되면」 전문

 시인은 시를 통해서 다양한 아포리즘(Aphorism)을 쏟아내고 있다. 그것은 삶의 깨달음에서 얻은 사랑의 격언이 아닐 수 없다. 성스럽고 고귀한 사랑이 필요하다면 '기다리는 것', 그래서 '행복은 기다림의 미학'이라고 말한다.

 어쩌면 시인은 사랑을 긍정의 힘으로 믿고 있는 듯하다. 긍정의 힘을 믿으면, '고질병'도 '고칠 병'이 되고 '빌어먹을 놈'도 '벌어먹을 놈'이 될 수 있다. '어쩔 수 없는 일'이라 생각하면 포기하게 된다. 하지만, '어쩔 수 있는 일'이라고 생각하면 다시금 도전할 수 있는 것이다. 손에 망치를 들면 모든 게 못으로 보인다고 한다. 손에 꽃을 들면 어떨까? 모든 게 나비로 보일지도 모른다. 아름다운 눈보다 아름답게 보는 눈이 더 아름답다. 아름다운 입보다 아름답게 말하는 입이 더 아름다운 법이다.

비바람 속에서도
늘 그 자리에
의연한 참 모습.

끝끝내
말이 없는 산이여!

애면글면 종종거리는
인생살이!

"사랑 하나면 모두인 것을"

말 아니하고
가슴으로
느끼며 살리라
- 시 「청산은 나 홀로」 전문

　시인은 삶의 본질은 '사랑'이라고 말한다. 힘겹고 외
로운 삶 속에서도 애면글면 사는 인생살이에서 사랑
하나면 모든 것이 해결된다고 믿는다. 어쩌면 그의 삶
의 대부분은 사랑을 만나고 사랑으로 치유하고 있는
것이다.
　그러면 강자앤 시인이 지닌 시적 특징은 무엇일까?
　첫째 시는 깨달아 아는 것을 중시하는 특성이다. 인
간이 인문적 사유 없이 깨닫는 것은 불가능하다. 많은
사람들이 종교 안에서 깨달음을 찾으려 하지만 사유하
는 나를 찾지 않고는 각성은 일어나지 않는 법이다.
그래서 시인은 끊임없이 사유하고 고뇌하면서 사랑의
본질을 찾고자 노력한다.

　부모님의 사랑은
　하늘같다 말합니다

모든 부모님이 다 그러하듯이
무한한 자식 사랑 서로 견주리오

사랑하는 내 아빠 엄마
나의 마음을 모를 리가

바다보다 넓은 부모 마음
자랑스럽고 온화한 부모님 사랑

이 제사 깨달음은
한평생 갚아도 남을 은혜

열 손가락 깨물어
그 아픔은 다 같은데

외동인 이 딸만 그리 사랑 주심
용서하여 주옵소서!
— 시 「부모님의 사랑」 일부

둘째는 사랑이다. 사랑을 갈구하고 사랑 안에서 살고
싶지만 정작 사랑이 무엇인지 모르는 우리에게 메시지
를 던진다. 제발 '사랑'이 무엇인지 발견하라는 경구
(警句)를 남기는 것은 아닐까?

말이 세상에 없었더라면

그만큼 거짓말이 적었을 거다

나의 사랑은 거짓이 없다
그것을 나는 이제야 알았고
사랑은 의식이 아닌 무의식이다

언제나 무언으로
그대 고운 숨결 들으면서
영원토록 살고자 한다

사랑하는 맘이란
사랑하는 사람이 이 세상에
있을 때라야 생겨난다

사랑은 언제나 영(0)
받을 것도 줄 것도 없는 것이다

사랑이란 말을
하지 않은 것이 참사랑이다
- 시 「참사랑」 전문

　강자앤 시인은 '사랑이란 말을 하지 않는 것이 참사랑
이다'라고 말한다. 사랑에 대한 의미발견이다. 많은 사
람들은 수많은 고전을 탐독하고 그 지혜 속으로 들어
가려고 노력하고 있다. 그러나 그 노력은 허사였음을
깨닫는다. 사랑이 무엇인지 아는 순간 그들이 남긴 삶

의 무수한 지혜들이 내 안으로 들어오는 걸 경험했기 때문이다. 그 때문에 사랑의 문제는 스스로를 인식하는데서 출발하는 것이다.

> 내 사랑은
> 보이지 않는다 해도
> 항상 거기에 있다
>
> 내 사랑은
> 사라지는 게 아니라
> 다시 오고 있는 중이다
> 내게로 내 눈 속으로
>
> 사랑은 그리움이고
> 기다림의 이유이며
> 사랑은
> 키움, 가꿈, 거둠입니다
> – 시 「사랑(2)」 전문

　사랑은 보이지 않지만 언제나 우리에게 있다. 그래서 시인은 '사랑은 사라지는 것이 아니라 다시 오고 있는 중'이라고 말한다. 그것도 내 눈 속으로. 그래서 사랑은 그리움이고 기다림이다. 키우고 가꾸며 거둘 수 있는 존재로 규정한다.

　사람의 뇌로서는 인문적 사유 없이 저장 되어 있는

데이터를 자유롭게 끄집어내는 것은 불가능하다. 그래서 상상력을 통해서만 새롭게 생성되는 영감의 산물을 비유라는 장치를 통해서 구현해 낼 수 있는 것이다.

　　사랑은 내가 좋아해서
　　찾아다니는 게 아닙니다

　　내가 먼저
　　더 좋은 사람이 되어야겠죠!

　　마음이 따뜻한 사람을 보면
　　꽁꽁 얼었던 내 몸이
　　풀리는 것 같은 느낌이 듭니다

　　아이스크림 녹듯이 마음에
　　부드러움을 느낍니다

　　사랑은 달달하면서도
　　솜사탕처럼 달콤한 맛이라고 할까요
　　- 시 「시월의 사랑」 일부

　사실 메타포(Metaphor)는 단지 미적 표현을 위해 문장과 언어를 꾸미는 것만은 아니다. 대단히 많이 쓰이는 언어의 광범위한 현상이다. 직접 경험하거나 깨달을 수 있도록 일정한 형태와 성질을 지닌 구체적인 사물을 가리키는 언어다. 그 언어는 비유적, 혹은 추상적으로 사용된다.

독일의 철학자 호네트(Axel Honneth)는 타인으로부터 자신의 욕구와 감정에 대한 배려 사랑, 자신의 도덕적, 법적 존엄성에 대한 존경, 사회적 업적에 대한 존중 등을 인정받을 때 개인의 정체성이 형성되는 것으로 보았다.

시인은 자기가 살아온 이야기를 하면서 자기의 삶에 의미를 부여해야 한다. 욕구와 욕망은 내가 가지지 못한 어떤 상태에서 표출되는 것이다. 욕구와 욕망이라는 용어의 두 개념 모두 어떤 결핍상태를 나타내는 것이다. 이러한 결핍을 채우기 위한 활동이 바로 글쓰기가 아닐까?

인간은 혼자일 때만이
진정한 자유를 느낍니다

둘이라서 행복한 것도 아니고
불행한 것이 아닙니다

오직 혼자서 또 다른 사고
발견하고 느끼면
온전한 나를 발견하는 계기가 됩니다
– 시 「사랑은 부메랑이다」 중에서

누구에게나 삶은 숭고하다. 그러기에 어떤 식으로든

자기 이야기를 하면 즐거워진다. 글을 쓸 때 들뜨고 때로는 울기도 하고 웃기도 한다. 온갖 감정이 모두 드러난다. 이 순간은 바로 나를 드러내는 과정이고 치유로 들어가는 과정이리라. 그러면서 자신의 지난 삶을 위로하고 긍정으로 수용한다. 자기 이해에서 출발하는 것이다. 또한 자기 이해는 과거의 자기와 현재의 자신을 수용하면서 새로운 자신을 만들고자 하는 노력으로 표출한다. 그래서 자신에 대한 애착과 더불어 자기를 위로하는 과정이 바로 시 쓰기, 글쓰기인 것이다.

이런 의미에서 강자앤 시인은 자신의 사랑의 경험과 인생의 깨달음을 털어놓는 것이 아닐까? 왜냐하면 사랑은 털어놓음으로써 해결되기 때문이다. 속마음을 털어놓음으로써 상대와 가까워지는 것과 같은 이치다.

미국의 심리학자 제임스 베이커(James W.pennebaker)는 심리적으로 상처가 있는 사람들에게 글을 쓰게 했다. 그랬더니 자신의 이야기를 털어놓은 사람의 경우, 병원에 가는 횟수가 줄어듦을 알게 되었다. 글쓰기로 인해 많은 사람들의 삶이 변화되었음을 확인한 것이다.

그런 의미에서 강자앤 시인은 타인에게 해야 할, 또는 하고픈 이야기를 사랑이라는 주제로 시를 쓰고 끊임없이 글을 쓰면서 삶을 치유하는 것이리라. 시 쓰기는 어떤 상황을 넘어 편안함을 느끼고 위로 받을 수 있다면 그것이 행복한 것이다. 글을 쓰면서 사랑의 감정을 경험하면서 행복을 느끼고 때로는 눈물을 흘린다. 때로는 즐거움을 느끼고 때로는 추억에 젖는다. 지금은 만날 수 없는 과거의 소녀 감성과 연애의 추억을 만난다. 그리고 그때의 사람들, 고향과 부모를 그리워하게 된다. 그 과정이 소중하고 행복한 것이다.

강자앤 시인은 오늘도 러브레터(시)를 쓰고 있다. 과거에게 그리고 오늘에게, 또는 사랑하는 사람에게 그리고 자신에게 연애편지를 쓰고 있는 것이다.

앞마당에 봄
꽃이 피네
봄 되면서 가을 오기까지

스스로 아름답다고
생각 할까
누구에게 주고파서 뽐내고 필까

노래하며 춤추는 것
울고 웃는 모습은
누구에게 배웠나

슬픔보다 깊은 정
함께하려 정원에 갔었네

노래하고 춤도 추고
행복한 웃음의 향연보다

위로 받고 싶어서
꽃밭에 바람처럼 갔더니

예쁜 꽃들이 피어
서로 다투면 사랑주고 받네
  - 시 「꽃밭에서」 전문

　오늘도 독자들은 그의 러브레터(시)를 읽고 응원한
다. 그의 편지는 가을 손님처럼 우리에게 예쁘게 오고
행복한 사색을 동반한다. 그래서 그의 시는 평화롭다.
그리고 감사가 넘친다. 그 때문일까? 강자앤 시인은
지금 행복한 삶을 누리고 있는 것은 아닐까?

싱그러운 날
바람결 따라 청명한
가을 손님 예쁘게 오시었네

우리에게 주신 기쁨과
행복이 함께하는
아름다운 사색의 가을날에
파란하늘에 흘러가는 뭉게구름처럼

아름다운 꽃
익어가는 열매
참 평화로운 날이다

무엇으로 해답 할까

하늘에 감사의 인사를
띄우렵니다
- 시 「가을 손님」 전문

　사랑은 아름다운 꽃이 피고 멋진 열매를 맺을 때 기
쁨과 행복을 부른다. 그뿐인가 평화도 있고 감사의 마
음도 함께 따른다. 그래서 사랑은 행복을 빚는 연결고
리가 된다.
　강자앤 시인의 또 다른 시 「가을의 기쁨」 을 살펴보자.

풀벌레 소리는
초저녁부터
가을밤을 온통 채웁니다

황금빛 둥근달이
어둠을 몰아내고
가을의 기쁨을 밝힙니다

코스모스는
마을 어귀에서 부터
공원에 이르도록
우우우 무지개를 띄웁니다

망설임 없는 이 찬란함
서로를 세우고 받쳐주고
사랑으로 행복을 누립니다

– 시 「가을의 기쁨」 전문

사랑으로 행복을 누린다는 말에 크게 공감하게 된다. 가을밤은 황금빛 둥근달처럼 어둠을 몰아내고 기쁨을 밝힌다. 코스모스는 무지개를 띄우는 것은 물론 그 사랑은 찬란하게도 서로를 세워주고 받쳐주는 존재다.

이상에서 살펴본 바와 같이 강자앤 시인의 시세계는 사랑과 행복으로 연결된다. 그래서 필자는 그의 시세계를 '사랑의 메타포로 빚은 행복의 아포리즘'이라고 규정하고 싶다. 왜냐하면 그의 시에는 평생을 살아오면서 느꼈던 사랑의 경험과 아픔, 그리고 이별의 순간까지도 다양한 비유와 상징으로 표현하면서 마침내 행복으로 승화시키고 있기 때문이다.

끝으로 강자앤 시인에게 작은 바람이 있다면 그의 사랑의 노래를 간결한 맛과 압축의 미가 담긴 우리 겨레의 시가인 '시조'에 관심을 가졌으면 한다. 보다 압축미와 간결미의 백미를 느껴보았으면 한다.

아무쪼록 그를 아는 많은 작가들은 그의 열정을 응원하고 지지한다. 항상 건강한 모습으로 '러브레터'를 통해 그의 문운에 행복이 가득하길 소망한다.

■ 글벗시선154 강자앤 시집

러브레터

인 쇄 일 2021년 12월 26일
발 행 일 2021년 12월 26일
지 은 이 강 자 앤
펴 낸 이 한 주 희
펴 낸 곳 도서출판 글벗
출판등록 2007. 10. 29(제406-2007-100호)
주   소 경기도 파주시 와석순환로 16,(야당동)
         롯데캐슬파크타운 905동 1104호
홈페이지 http://guelbut.co.kr
E-mail   juhee6305@hanmail.net
전화번호 031-957-1461
팩   스 031-957-7319
가   격 15,000원
I S B N 978-89-6533-201-5 04810

* 잘못된 책은 바꿔 드립니다.